GRANDES CLÁSSICOS

O Essencial dos Contos Russos

© Sweet Cherry Publishing

The Easy Classics Epic Collection: The Master and Margarita. Baseado na história original de Mikhail Bulgakov, adaptada por Gemma Barder. Sweet Cherry Publishing, Reino Unido, 2021.

Dados Internacionais de Catalogação na Publicação (CIP)
Angélica Ilacqua CRB-8/7057

Barder, Gemma
    O mestre e a margarida / baseado na história original de Mikhail Bulgakov ; adaptada por Gemma Barder ; tradução de Aline Coelho ; ilustrações de Helen Panayi. - Barueri, SP : Amora, 2022.
    128 p. : il. (Coleção Grandes Clássicos : o essencial dos contos russos)

ISBN 978-65-5530-431-2

1. Ficção russa I. Título II. Bulgakov, Mikhail III. Coelho, Aline IV. Panayi, Helen V. Série

---

22-6619   CDD 891.73

Índices para catálogo sistemático:
1. Ficção russa

1ª edição

Amora, um selo da Girassol Brasil Edições Eireli
Av. Copacabana, 325, Sala 1301
Alphaville – Barueri – SP – 06472-001
leitor@girassolbrasil.com.br
www.girassolbrasil.com.br

Direção editorial: Karine Gonçalves Pansa
Coordenação editorial: Carolina Cespedes
Tradução: Aline Coelho
Edição: Mônica Fleisher Alves
Assistente editorial: Laura Camanho
Design da capa: Helen Panayi e Dominika Plocka
Ilustrações: Helen Panayi
Diagramação: Deborah Takaishi
Montagem de capa: Patricia Girotto
Audiolivro: Fundação Dorina Nowill para Cegos

Impresso no Brasil

O MESTRE E A MARGARIDA

Mikhail Bulgakov

PERSONAGENS

O Mestre
Escritor

Margarida
Verdadeiro amor do Mestre

Woland
Estranho visitante em Moscou

Koroviev
Assistente de Woland

Azazello
Assistente de Woland

Behemoth
Gato gigante

Hella
Bruxa

Berlioz
Presidente da Sociedade Literária

Ponyrev
Poeta

Stepa
Diretor do Teatro de Variedades

Rimsky
Gerente Financeiro do Teatro de Variedades

Varenukha
Assistente do Teatro de Variedades

Jesus
Pregador

Pôncio Pilatos
Governador Romano

CAPÍTULO UM

Era um dia quente de primavera em Moscou. Dois amigos, Berlioz e Ponyrev, passeavam no parque. Eles estavam tomavam suco de damasco eenquanto discutiam sobre um poema que Ponyrev havia escrito. Berlioz então comentou:

— Você fez um bom trabalho, meu amigo. Mas, se vai falar de Jesus em um poema, você precisa dizer que ele não existiu.

Berlioz era um homem baixo, e estava vestido de forma elegante, com *blazer* e gravata-borboleta. Ele era o presidente da Sociedade Literária Moscovita, um clube frequentado apenas pelos poetas e escritores mais respeitados. Ponyrev ouviu cuidadosamente o que ele tinha a dizer. Eles se sentaram em um banco próximo e Ponyrev olhou para o seu poema.

— Sim, eu entendo o que você quer dizer. Claro, nós dois sabemos que Jesus não existiu.

Berlioz concordou. Em Moscou, geralmente acreditar em Jesus, Deus ou em qualquer religião era o mesmo que acreditar em contos de fadas.

— Seus leitores precisam sentir que podem confiar em você. Mostre a eles que Jesus é apenas personagem de uma história.

Por um momento, os dois amigos ficaram em silêncio. A brisa quente da primavera de repente ficou fria e uma sombra no chão cobriu seus pés. Eles olharam para cima e viram uma figura alta e magra pairando sobre eles.

O homem usava uma casaca, colete e chapéu. Tinha o rosto alongado e boa aparência.

— Perdoe-me por interrompê-los, mas não pude deixar de ouvir a conversa. Estou certo em pensar que nenhum de vocês acredita em Deus? — disse o homem baixinho, com um sorriso no rosto.

— Está sim, senhor. E muitas pessoas que eu conheço também não creem. — Berlioz respondeu.

— É melhor eu me apresentar. Meu nome é Woland. — Então, depois de uma pausa, ele continuou. — Desculpe perguntar, mas por que você não acredita em Deus?

Ponyrev levantou-se do banco. Ele queria encarar Woland olho no olho, mas mal alcançou os ombros do homem por conta de sua baixa estatura. E respondeu:

— Porque não há provas. Não há qualquer evidência científica que mostre que Deus existe.

Woland andava devagar na frente dos dois, esfregando o queixo pontudo.

— Entendo — disse ele. — Então, quem você acha que está no comando de sua vida?

— Todo mundo é responsável por sua própria vida! — disse Berlioz, ficando frustrado com o desconhecido. — Depois daqui, vou para casa me preparar para uma noite na Sociedade Literária. Sou responsável por minhas próprias decisões e ações, não Deus.

O sorriso de Woland se alargou.

— Isso é o que você *acha* que vai fazer — disse ele misteriosamente. Berlioz e Ponyrev notaram que outra figura se juntou ao grupo. Ele estava pouco mais atrás de Woland, mas o acompanhava atentamente. Ele era jovem, magro e estava elegantemente vestido. — E se eu dissesse que você não vai conseguir chegar em casa — continuou Woland. — Na verdade, você vai sofrer um acidente do qual você nunca mais vai se recuperar.

Berlioz sentiu um calafrio percorrer sua espinha. Ponyrev sussurrou:

— Acho que esse homem precisa ir para um hospital e conversar com um médico. Ele não diz coisa com coisa.

— Talvez em breve você é quem estará em um hospital — Woland disse rindo.

Berlioz e Ponyrev se cansaram daquela criatura estranha. Acenaram em despedida educadamente e se viraram para ir embora. Mas Woland não tinha terminado de falar.

— Jesus existiu — disse ele calmamente.

Berlioz suspirou pesadamente.

— Senhor, todos nós temos direito a nossas próprias opiniões — disse. — Mas, como não há qualquer prova de que Jesus existiu, eu escolho não acreditar.

— Deixe-me contar uma história a vocês — Woland disse.

CAPÍTULO DOIS

Berlioz e Ponyrev queriam se afastar do estranho, que dizia se chamar Woland, mas algo nele fazia com que eles desejassem ouvir a tal história. Seus olhos eram cativantes; um era verde-escuro e, o outro, tão negro quanto o céu da noite.

Berlioz e Ponyrev voltaram a se sentar no banco do parque e Woland começou:

"Há mais de mil anos, um romano chamado Pôncio Pilatos governava a cidade santa de Jerusalém. Era seu trabalho garantir que prisioneiros fossem punidos de acordo com seus crimes."

"Um dia, ele estava decidindo sobre as punições que um grupo de criminosos receberia. E trouxeram a ele um homem judeu acusado de dizer que o Império Romano cairia. E ele também dizia que havia apenas um verdadeiro Deus, em vez dos muitos deuses nos quais os romanos acreditavam."

"Este homem se chamava Jesus, e se tornara famoso em Jerusalém.

Muitas pessoas o admiravam e começaram a acreditar no que ele dizia sobre Deus. Mas questionar o Império Romano era traição. Quem cometia o crime de traição era condenado à morte."

"Pilatos olhou para Jesus. Alguma coisa em sua calma natureza calma e em seus olhos bondosos fizeram Pilatos querer saber mais sobre ele. Primeiro, pediu a Jesus para repetir o que ele vinha pregando para o povo de Jerusalém."

"Depois de ouvi-lo, Pilatos sacudiu a cabeça. Estava incomodado com o que Jesus havia dito. Ele apertou a ponte do nariz, bem no espaço entre seus olhos, e Jesus quis saber se estava com dor de cabeça."

Pilatos se assustou — como Jesus sabia? Por que um prisioneiro frente à sua própria morte deveria se preocupar com isso? Pilatos pediu aos guardas que desamarrassem as mãos de Jesus e os dois homens caminharam juntos. Embora Jesus fosse um traidor, Pilatos sabia que havia algo de bom nele. Logo, sua dor de cabeça havia desaparecido."

"Pilatos perguntou a Jesus mais uma vez se ele realmente acreditava que o Império Romano cairia. Dentro do seu coração, desejou

que Jesus negasse para que ele pudesse libertá-lo. Jesus disse que acreditava que só Deus deveria governar. Pilatos balançou a cabeça e pediu que o prisioneiro fosse levado."

"Como era a festa judaica da Páscoa, o conselho judaico podia escolher um prisioneiro para libertar. O presidente desse conselho veio falar com Pilatos e disse que eles tinham escolhido libertar um ladrão chamado Barrabás.

Pilatos ficou zangado com o presidente. Tentou convencê-lo de que Jesus deveria ser o prisioneiro a ser solto, mas o presidente permaneceu firme na decisão. Embora estivesse insatisfeito, Pilatos concordou em soltar Barrabás. Jesus seria morto no dia seguinte."

CAPÍTULO TRÊS

Quando terminou a história, Woland olhou para os rostos de Berlioz e Ponyrev. Embora tivessem ficado fascinados pela história do estranho, não estavam convencidos de que ela era verdadeira.

— Sua história é muito boa, senhor — disse Berlioz, brincando com sua gravata-borboleta. — Mas repito minha pergunta: onde está a prova? Como você sabe que isso aconteceu?

— Porque eu estava lá — Woland simplesmente respondeu.

Berlioz e Ponyrev se entreolharam. Ambos acharam que Woland devia estar doente – alguém que achava que tinha falado com Pôncio Pilatos centenas de anos atrás certamente estava delirando.

— Onde o senhor está hospedado? — Berlioz perguntou, ansioso para mudar de assunto.

— No seu apartamento — respondeu Woland, sorrindo.

Berlioz começou a ficar inquieto. Ele definitivamente não queria hospedar aquele homem em sua casa! — Receio que isso não seja possível. Agora, por favor, nos dê licença.

Berlioz e Ponyrev começaram a caminhar em direção à rua principal que ladeava o parque. Eles olharam para trás e viram que Woland tinha se juntado ao jovem que os estava observando. Com eles também estava um homem baixo, com um chapéu-coco e, surpreendentemente, um gato gigante que andava sobre as patas traseiras.

Ponyrev olhou para aquela cena incrível. Quem era Woland? Por que tinha escolhido falar com eles?

Será que realmente acreditava na história de Jesus e Pôncio Pilatos?

De repente, Ponyrev ouviu um som alto e estridente. Ele se virou e viu um bonde freando com tanta força que quase saiu dos trilhos. As pessoas gritaram e uma multidão se formou. Ponyrev olhou em volta. Berlioz não estava em lugar algum.

O coração de Ponyrev disparou enquanto atravessou a multidão.

Ele se engasgou quando viu o amigo caído no chão em frente ao bonde. Berlioz tinha sido atingido e estava morto.

Foi exatamente como Woland tinha previsto. Berlioz não chegaria em casa para se preparar para a reunião. Como Woland sabia que aquilo iria acontecer?

Não havia nada que Ponyrev pudesse fazer por Berlioz agora, mas ele queria respostas de Woland. Ele se virou e correu de volta para o parque.

Ele pôde ver o chapéu de Woland, as sombras de seus dois amigos e o rabo do gato gigante desaparecendo ao longe. Ele correu, mas quanto mais corria, mais distante Woland parecia ficar. Cada vez que Ponyrev pensava que os alcançaria, eles desapareciam novamente.

A mente de Ponyrev começou a ficar confusa. Ele via os rostos do gato, de Woland e seus companheiros em todos os lugares.

Exausto, Ponyrev encontrou um policial. Por entre lágrimas, ele tentou desesperadamente contar sua história. O policial olhou para os olhos descontrolados de Ponyrev com preocupação.

— Não se preocupe, meu jovem — disse o oficial. — Você está bem agora...

CAPÍTULO QUATRO

Stepa olhou pela janela do seu apartamento. A tarde estava indo embora e não havia qualquer sinal de Berlioz.

Berlioz e Stepa dividiam um apartamento em uma área elegante de Moscou. Normalmente, Berlioz voltava para casa no início da tarde, quando Stepa saía para o Teatro de Variedades, que ele dirigia. Stepa ainda não sabia que Berlioz jamais voltaria para casa.

Observando as ruas em busca de qualquer sinal de Berlioz, Stepa avistou um homem alto e magro, elegantemente vestido de preto. Stepa ficou se perguntando se o homem estaria voltando de um funeral, mas ele parecia alegre demais para isso.

Então, Stepa deixou um bilhete para o amigo dizendo que já tinha ido para o teatro. De repente, a porta da frente se abriu. Em vez de Berlioz, Stepa se deparou com o cavalheiro alto que tinha visto na rua

— Boa noite, Stepa — disse Woland, entrando no apartamento sem ser convidado, e olhando ao seu redor com aprovação.

— Quem é você? — quis saber Stepa, assustado por aquele estranho saber seu nome.

— Sou o mágico que você contratou semana passada para se apresentar no Teatro de Variedades — respondeu Woland, com muita calma.

Stepa coçou a cabeça confuso.

— Mágico? Eu não contratei mágico nenhum — disse Stepa vasculhando sua memória. Eletinha certeza de nunca tinha visto aquele homem antes.

Woland sorriu e se sentou perto do telefone e sugeriu:

— Por que não liga para o teatro para verificar?

— Com certeza o Sr. Rimsky vai lembrá-lo dos detalhes do meu contrato.

Stepa ficou irritado com o estranho. Ele tinha aparecido do nada e agora estava sentado na mesa *dele* dizendo a *ele* o que fazer. Mas se Woland estava mentindo, e Stepa tinha certeza de que ele estava, Rimsky provaria isso.

Rimsky cuidava de todo o dinheiro do teatro. Com certeza saberia se algum artista tinha sido contratado e pago.

Stepa ligou para Rimsky:

— Rimsky, preciso que você verifique algo para mim. Contratamos algum mágico para se apresentar no teatro?

— Ah, sim! E a venda de ingressos está indo muito bem. — respondeu Rimsky feliz da vida.

Stepa ficou tão surpreso que mal conseguia falar.

— Muito bem! — disse ele ao mágico finalmente.

Stepa olhou para Woland, que estava sorrindo gentilmente para ele. No entanto, antes que pudesse dizer qualquer coisa, Stepa percebeu algo estranho no grande espelho pendurado na porta da frente.

A imagem de um gato gigante, mais ou menos do tamanho de um porco, apoiado nas patas traseiras, se refletia no espelho. Estava acompanhado por um jovem e um homem mais baixo que usava um chapéu-coco.

Rapidamente, Stepa olhou ao redor da sala, mas não conseguiu encontrar as três figuras em lugar nenhum. Era como se eles só existissem no espelho!

— Você... você viu aquilo? — perguntou, apontando para o espelho com o dedo trêmulo.

— Ah, sim — respondeu Woland. — Aqueles são meus assistentes: Behemoth, meu gato fiel, o jovem Koroviev e Azazello com seu velho chapéu-coco. Eles vão ficar aqui comigo.

— Vocês não podem ficar aqui! — respondeu Stepa, começando a ficar totalmente confuso. Berlioz estava desaparecido, um estranho invadiu sua casa e ele não se lembrava de jeito nenhum de ter contratado aquele homem para o teatro.

Stepa viu Woland mover sua mão ligeiramente e, de repente, o jovem que ele tinha visto no espelho estava guiando Stepa até a porta da frente.

Quando passou pela porta, viu seus pés se afundarem em uma areia dourada. A luz do sol aqueceu seu rosto e ele podia ouvir o som das ondas.

De alguma forma, ele tinha sido transportado para uma praia, centenas de quilômetros distante de Moscou.

CAPÍTULO CINCO

Ponyrev se distraiu com a camisola de hospital com que estava vestido e se remexeu na cama.

Primeiro, o policial que o encontrou em lágrimas o levou para a delegacia. Depois que ouviu história de Ponyrev, o policial ficou convencido de que ele estava doente. Ponyrev insistia que conhecera um homem que podia prever o futuro e que tinha um gato gigante que andava sobre duas patas. Ele não parava de falar de um homem que viveu há mais de mil anos chamado Pôncio Pilatos.

Ponyrev foi levado para um hospital que cuidava de pessoas que tinham alucinações. O que significava que aqueles pacientes acreditavam em coisas que não eram reais.

E ele ficou em seu quarto,

desesperado. Queria muito encontrar alguém que ouvisse sua história e acreditasse nele.

Depois de um tempo, apareceu um médico para ver Ponyrev. Trajava um terno elegante por baixo do jaleco branco e tinha o cabelo grisalho muito bem penteado. Ponyrev notou como

os atendentes que vieram com ele tratavam o médico com muito respeito.

— Meu nome é Doutor Stravinsky — disse o médico, pegando o prontuário de Ponyrev e lendo em voz alta.

A mente de Ponyrev disparou. Ele ficou arrasado por ter perdido o amigo Berlioz. Sempre que fechava os olhos, tudo o que via eram os olhos verde e preto de Woland olhando para ele. E também não parava de pensar na história de Pôncio Pilatos que se repetia constantemente em sua cabeça. Olhando para o médico, ele se perguntou se alguém tão racional podia crer em Jesus.

— Sr. Ponyrev, porque não me conta tudo o que aconteceu antes de ter sido trazido para cá — disse o médico, de forma gentil.

Ponyrev concordou. Ele respirou fundo e começou a contar ao Dr. Stravinsky que sua noite tinha começado como outra qualquer: como ele tinha discutido sobre sua poesia com Berlioz, antes de ser interrompido pelo desconhecido. Quando começou a falar sobre o acidente de Berlioz, Ponyrev ficou chateado.

— Está vendo? Precisamos que a polícia encontre esse tal de Woland! — disse, andando de um lado para o outro no quarto do hospital. — Se ele sabia que o acidente ia acontecer, talvez ele mesmo tenha planejado tudo!

O Dr. Stravinsky levantou-se e deu um tapinha no ombro de Ponyrev.

— Nós vamos falar com a polícia — disse, a fim de tranquilizar o paciente. — Agora, escreva tudo exatamente como você me contou.

— Eu gostaria de conversar sobre a sua história com os outros médicos. Assim você pode até descansar um pouco.

O Dr. Stravinsky saiu do quarto e um de seus assistentes entregou a Ponyrev um pedaço de papel e um lápis. Ponyrev anotou cada detalhe até que seu braço ficou dolorido. Ele então se deitou na cama e caiu em um sono profundo.

CAPÍTULO SEIS

Embora os cartazes do show de mágica de Woland no Teatro de Variedades só tenham sido expostos por um dia, os bilhetes já haviam se esgotado.

O público se aglomerou na porta do teatro para perguntar se Woland faria mais outras apresentações. Rimsky nunca tinha visto um show no teatro se tornar tão popular antes. Era como se o povo de Moscou estivesse sob algum tipo de feitiço.

Stepa não aparecera para trabalhar, então Rimsky tentou ligar para perguntar o que deveria fazer. Mas não obteve resposta.

— Com licença — disse o assistente de Rimsky, Varenukha. — Chegou um telegrama para você. É de Stepa.

O jovem entregou o telegrama e Rimsky leu o papel em choque.

— Aqui diz que ele está em Yalta! — exclamou Rimsky. — Que diabos ele está fazendo no litoral, a centenas de quilômetros de distância, quando estamos prestes a estreiar o maior espetáculo que este teatro já viu? Enquanto Rimsky lia, Stepa o avisou sobre Woland, chamando-o de homem perigoso com poderes que Stepa não sabia explicar.

Varenukha franziu a testa. Não era do feitio de Stepa ser tão dramático. Era também muito estranho o fato de ele faltar ao trabalho e ir para a praia! Além do mais, Yalta ficava a horas de distância de Moscou, e ele e Stepa tinham se falado havia pouco mais de uma hora. Algo não estava certo.

Rimsky terminou de ler a carta e suspirou.

— Bem, creio que o melhor é continuar sem ele. Vamos fazer o melhor que pudermos. — Ligue para o mágico Woland, e pergunte a que horas ele vai estar no palco esta noite. Ele está hospedado no Grande Hotel?

Varenukha revirou alguns papéis em sua mesa até que encontrou os detalhes que tinha sobre Woland. Ele fez uma pausa e releu o endereço e o telefone para ter certeza de que não tinha cometido nenhum erro.

— Aqui diz que ele está hospedado no apartamento de Stepa e de Berlioz! — disse Varenukha, incrédulo.

— Hoje, de fato, o dia está muito estranho. Muito bem, ligue para ele na casa de Stepa — disse ele, caindo de volta em sua cadeira e coçando a cabeça.

— Alô? — disse uma voz do outro lado da linha.

— É o... — Varenukha começou, incerto. — É o Sr. Woland?

— Não, sou o assistente dele, Koroviev. Como posso ajudá-lo?

Varenukha ficou surpreso que havia ainda um outro homem no apartamento de Stepa e de Berlioz, mas passou a mensagem de Rimsky de que o espetáculo começaria às 20 horas.

— Obrigado. Vou deixar o Sr. Woland a par. E também tenho uma mensagem você, Sr. Varenukha.

Varenukha ficou assustado. Ele tinha certeza de que não dissera seu nome.

— Você não precisa se preocupar com seu amigo Stepa. Se

meter o nariz nos assuntos dele, vai se arrepender.

Quando a linha telefônica ficou em silêncio, Varenukha ficou parado como uma estátua. — Qual é o problema? — perguntou Rimsky, notando que o rosto de Varenukha estava branco.

Varenukha saiu do transe e teve a certeza de que algo ruim tinha acontecido com Stepa. Ele disse a Rimsky que precisava de um pouco de ar fresco e saiu do teatro. Ele tinha que descobrir o que estava acontecendo.

CAPÍTULO SETE

Varenukha decidiu ir até o apartamento de Stepa para falar com Woland pessoalmente, apesar do aviso que tinha recebido do assistente. O caminho mais rápido era pelo jardim do Teatro de Variedades, um lugar tranquilo onde as pessoas vinham admirar as flores ou tomar um pouco de ar durante o intervalo de algum espetáculo.

— Nós avisamos, Varenukha — disse uma voz estranha que fez

Varenukha saltar. De pé, à sua frente, havia um gato preto enorme, apoiado sobre as patas traseiras, e um homem baixo com um chapéu-coco.

— Quem... quem são vocês? — Varenukha perguntou, afastando-se do estranho par. Mas eles não responderam. Pularam sobre Varenukha e seguraram seus braços.

Por mais que tentasse, Varenukha não conseguia se libertar daquelas garras. Então, apareceu uma mulher vinda das sombras. Ela tinha longos cabelos ruivos, olhos brilhantes e usava vestes pretas esvoaçantes.

— Quero apresentá-lo a Hella — disse Azazello, o homem do chapéu--coco.

— Quem é ela? — perguntou Varenukha ofegante, ainda lutando para se soltar.

— É a companheira mais querida do Sr. Woland — respondeu Azazello. — E uma bruxa muito talentosa...

Mais tarde, naquela mesma noite, o público no Teatro de Variedades esperava ansiosamente pelo início do espetáculo. Woland ficou na coxia, enquanto aguardava o horário do início da apresentação, com Koroviev e Behemoth ao seu lado, prontos para auxiliá-lo durante sua atuação. Azazello esperou no camarim.

— Bem-vindo ao nosso espetáculo! — disse George Bengalsky, o homem responsável por anunciar os atos no teatro. — Tenho certeza de que todos estão esperando pelo show que nosso mágico preparou para nós, então vamos dar as boas-vindas! — Bengalsky começou a aplaudir chamando a participação do público.

Woland caminhou lentamente para o palco, seguido por seus assistentes, e sentou-se em uma cadeira. Ele olhou para a plateia, que esperou em silêncio até o show começar.

O que aconteceu em seguida seria motivo de muita conversa por anos e anos em Moscou. Primeiro, Behemoth embaralhou as cartas, jogando-as no ar. Como ninguém jamais vira um gato fazer aquilo, era como se as cartas desaparecessem.

— Você vai encontrar as cartas no bolso do cavalheiro que está

sentado na cadeira 15, fileira C —
disse Woland. E é claro que as cartas
estavam lá.

— Ele faz parte do show de mágica!
— gritou um homem zangado sentado
no fundo do teatro. — Você colocou as
cartas lá mais cedo!

Woland sorriu.

— Se é assim, por que agora as
cartas estão no *seu* bolso? — disse
Woland sorrindo. O homem ficou
espantado ao encontrar as cartas no
bolso do próprio casaco.

O truque seguinte feito por Woland
foi fazer chover cédulas de dinheiro
do teto do teatro. A plateia ficou
encantada e as pessoas começaram a

passar umas sobre as outras para pegar o dinheiro. Vendo que as coisas estavam saindo fora de controle, Bengalsky entrou no palco e bateu palmas com muita força, para acalmar as pessoas.

— Senhoras e senhores! O que vocês têm à sua frente não são notas verdadeiras, mas um truque inteligente realizado pela mente do Sr. Woland. Queiram, por favor, voltar aos seus lugares…

— Isto não é um truque — disse Woland calmamente. — Eu não faço truques. Posso fazer o que eu quiser. O que vamos fazer com esse homem? — Woland disse, apontando para Bengalsky.

— Se é capaz de fazer qualquer coisa, arranque a cabeça dele! — gritou o homem zangado do início do show, que ainda não estava convencido dos poderes de Woland.

Woland assim o fez. A cabeça de Bengalsky começou a flutuar acima de seu corpo – mas ele ainda podia falar e, apesar de estar extremamente assustado, parecia perfeitamente bem.

— Coloque a minha cabeça de volta no lugar! — gritou Bengalsky.

— Só se você me prometer que vai parar de falar bobagens sobre truques de mágica — disse Woland.

Bengalsky assentiu como pôde e sua cabeça pousou de volta no corpo. Aterrorizado com o que Woland poderia fazer em seguida, ele saiu correndo do palco.

O truque final de Woland naquele incrível espetáculo foi trazer ao palco uma loja de roupas femininas. Todos os vestidos eram lindos e de alta qualidade. — Venham, senhoras, vejam vocês mesmas! — disse Koroviev, incentivando as mulheres a irem até o palco. — A melhor parte é que tudo é grátis! Mas apenas pelos próximos dois minutos.

Mais uma vez, o teatro se tornou um verdadeiro caos. As mulheres correram para experimentar os lindos vestidos, enquanto Woland ria maliciosamente ao lado do palco. Depois de dois minutos, ele disse:

— Receio que por hoje isso seja tudo. Boa noite!

Num piscar de olhos, Woland e seus assistentes desapareceram. Assim como a loja e todos os vestidos. E as notas de dinheiro se transformaram em papel.

Após o show, Rimsky foi chamado à frente do teatro. Uma enorme multidão havia se formado. Metade estava com raiva pois o dinheiro e os vestidos tinham desaparecido ao final da apresentação e, a outra metade, tinha ido até lá desesperada para conseguir ingressos para o próximo espetáculo.

Rimsky coçou a cabeça e correu de volta para o escritório. Stepa era o gerente do teatro; era ele quem deveria estar enfrentando tudo aquilo. Ele passou os olhos no escritório e notou que Varenukha não estava em sua mesa. De repente, ouviu um som agudo de uma gargalhada vinda de fora. Ao olhar pela janela, viu algo em que não podia acreditar. Varenukha estava voando em um cabo de vassoura com uma mulher de longos cabelos ruivos.

Segurando a vassoura, ele parecia um fantasma, pálido, e olhava para o vazio. Parecia estar em transe.

Rimsky começou a tremer de medo. Ver seu amigo voando com o que parecia ser uma bruxa de contos de fadas foi demais para seus olhos absorverem.

Muitas coisas estranhas tinham acontecido naquele dia; e ele não podia deixar de pensar, mas achava que tudo aquilo era culpa de Woland. Em pânico, Rimsky pegou sua bolsa e a maior quantia de dinheiro que encontrou, e foi para a estação de trem. Ele nunca mais voltaria a Moscou.

CAPÍTULO OITO

Ponyrev se remexia sem parar em seu leito hospitalar. Embora o Dr. Stravinsky tenha feito com que ele se sentisse mais calmo, na verdade ele ainda não conseguia se livrar do medo que sentia cada vez que se lembrava de Woland, ou de seu amigo Berlioz.

De repente, a porta se abriu. Um homem vestido de pijama e roupão entrou em seu quarto.

— Desculpe-me, mas seu nome é Ponyrev? — perguntou o homem.

Ele tinha cabelos castanhos, que caíam sobre seus olhos, a barba por fazer em volta do queixo e um rosto bonito e amigável. Ponyrev imaginou

que devia ser outro paciente do hospital.

— Sim, eu sou Ponyrev. O que está fazendo no meu quarto? — perguntou.

— Perdoe a minha intromissão, mas ouvi o médico quando ele falava sobre você. Ele mencionou algo sobre Pôncio Pilatos.

Ponyrev suspirou e começou a contar sua história ao homem:

— Quando tudo acabou, o policial me trouxe até aqui para ser atendido. Eu sei que não soa como uma história verdadeira.

O homem começou a andar pelo quarto. Ponyrev pôde ver que

ele parecia magro e cansado, com bochechas encovadas.

— Há alguns meses, comecei a trabalhar em um romance — começou o homem. — Era sobre Jesus e Pôncio Pilatos – exatamente a mesma história que contaram a você. Cada dia eu escrevia com muito afinco, parando apenas para comer e caminhar na hora do almoço. Foi em um desses passeios que conheci Margarida. Era a pessoa mais bonita que eu já tinha visto:

cabelos muito pretos e olhos grandes e arregalados. Assim que falei com ela, tive certeza de que não poderia amar outra pessoa a não ser ela. Nós nos apaixonamos.

— Eu sempre entregava cada capítulo concluído para Margarida ler. Ela dizia que era a melhor coisa que já havia sido escrita. Ela começou a me chamar de "o Mestre" e até me presenteou com um chapéu bordado com a letra "M". Preciso admitir que também achei que meu livro era muito bom. E antes mesmo de terminar, enviei meu trabalho para uma editora. Eles não concordaram. Disseram que era tolice escrever sobre Jesus e Pôncio Pilatos em uma cidade onde ninguém acreditava em Deus, e que ninguém iria lê-lo.

— No dia seguinte, abri o jornal e vi que dois críticos literários tinham feito comentários sobre o meu romance. A editora deve ter deixado que eles lessem os capítulos que eu tinha enviado. E ambos disseram que o livro era um absurdo total e não deveria ser lido por ninguém. Essa foi a gota d'água para mim. Coloquei tudo o que escrevera no fogo. Margarida salvou meu romance antes que ele pudesse ser queimado, mas era tarde demais. Fui humilhado e estava com o coração partido. Eu não ia mais terminar de escrever aquela história.

— Mesmo se eu escrevesse outra coisa, ninguém mais ia querer ler depois dos comentários desses críticos. Eu caí em uma profunda depressão. Não conseguia dormir e, quando

dormia, tinha sonhos terríveis, a cena era sempre eu me afogando em um mar de tinta. Foi quando vim ver o Dr. Stravinsky. E estou aqui desde então.

O Mestre foi até a janela e olhou para fora.

— Esta noite, ouvi o médico conversando com os colegas dele sobre você. E ele leu nas anotações a história que você tinha escrito para ele. A história que o tal Woland contou é a primeira parte do meu romance. Por isso tive que vir até qui falar com você. Não sei quem é esse Woland, mas ele conhece minha história sobre Pilatos e Jesus, embora ela só esteja dentro da minha cabeça.

CAPÍTULO NOVE

Ponyrev ficou impressionado com o que o Mestre havia contado. Mas antes que ele pudesse fazer qualquer pergunta, escutaram gritos de pânico que vinham do corredor em frente ao seu quarto.

— O que é isso? — perguntou Ponyrev.

O Mestre sorriu tristemente.

— Um homem do Teatro de Variedades foi trazido para cá — ele disse.

— E insiste em dizer que a cabeça dele se separou do seu corpo, mas não há nada de errado com ele.

Os olhos de Ponyrev se arregalaram.

— Algo estranho está acontecendo em Moscou. Tenho certeza de que Woland deve estar por trás disso também — ele disse. Então, Ponyrev teve uma ideia. — Você disse que Woland só me contou o começo de sua história. Você vai me contar o resto?

O Mestre balançou a cabeça e respondeu:

— Eu não posso. Não consigo esquecer o que os críticos disseram sobre minha obra e é muito doloroso falar sobre isso. O romance agora é só para os olhos de Margarida. Ou o que resta dele.

Com isso, o Mestre saiu do quarto de Ponyrev.

A mente de Ponyrev não parava de pensar no que o Mestre lhe dissera.

Depois de um tempo, ele caiu em um sono profundo e começou a sonhar. O sonho partia do ponto em que Woland terminou sua história sobre Pôncio Pilatos.

Quando ficou sabendo da morte de Jesus, Pôncio Pilatos sentiu raiva. Ele perguntou a um de seus conselheiros quem havia contado sobre Jesus aos guardas romanos, o que fez com que Jesus fosse levado preso.

Eles responderam que tinha sido um homem chamado Judas. Esse Judas era bem conhecido em Jerusalém por iludir as pessoas a se manifestarem contra o Império Romano.

Pilatos descobriu que, assim como os seguidores de Jesus, sentia muita raiva de Judas. No entanto, como um romano, ele nunca poderia admitir tais sentimentos.

Alguns dias depois, Pôncio Pilatos convocou um dos mais fiéis seguidores de Jesus, Mateus. Na verdade Mateus não gostava nem um pouco de Pilatos, por ter sido ele quem sentenciou Jesus à morte. Mas Pôncio Pilatos não poderia jamais desobedecer às ordens de um romano. Pôncio Pilatos perguntou a Mateus se ele estava planejando matar Judas. Mateus baixou os olhos. Ele bem que queria, mas Jesus sempre os ensinou a perdoar as pessoas.

Pilatos sorriu e disse que não havia necessidade de qualquer plano, pois ele mesmo tinha providenciado para que

Judas fosse morto. E pediu a Mateus para espalhar a notícia da morte de Judas. Mateus ficou chocado, mas fez o que Pilatos mandou.

Naquela noite, Pilatos sonhou que andava em um jardim ao lado de Jesus.

CAPÍTULO DEZ

Na manhã seguinte, Margarida decidiu dar um passeio no parque. Seus olhos haviam perdido um pouco do brilho nos últimos meses. Desde a manhã em que o Mestre tinha saído sem dizer a ela onde estava indo, sua vida tinha se tornado vazia. E ela desejou ardentemente que ele

voltasse. Tudo o que havia sobrado dele eram as páginas datilografadas de seu romance inacabado e queimado nas bordas.

Margarida ajeitou seu cabelo curto enquanto acompanhava um cortejo fúnebre que passava pelo parque. E ficou se perguntando de quem poderia ser o funeral.

— É um sujeito chamado Berlioz. Ele era o presidente da Sociedade Literária. — disse um homenzinho de chapéu-coco, como se tivesse lido a mente dela.

— Quem é você? — perguntou Margarida, pega de surpresa.

— Meu nome é Azazello. Eu trabalho para uma pessoa muito importante, Margarida. — Ele respondeu.

Margarida se afastou do homenzinho.

— Como você sabe o meu nome? — perguntou margarida, afastando-se daquele homenzinho.

— Eu sei muitas coisas. Inclusive onde o Mestre está.

O coração de Margarida pareceu saltar em seu peito e seu sangue congelou. Ela nunca tinha ouvido "o Mestre" — o nome especial que ela usava para se referir ao amado — ser dito por qualquer outra pessoa, a não ser ela mesma. E perguntou com voz trêmula:

— Onde ele está?

Azazello entregou a Margarida um pote de creme. — O Mestre está bem, em um lugar seguro. Podemos ajudá-lo a voltar para você. Tudo que você precisa fazer é passar um pouco deste creme em sua pele hoje às 21h30 e esperar!

Margarida olhou para o pequeno pote de creme.

— Você está falando bobagens! — ela disse. Mas antes que pudesse questionar mais alguma coisa, Margarida percebeu que Azazello tinha desaparecido.

Naquela noite, Margarida não parou de olhar para o pote de creme que Azazello lhe dera. Ela tinha se sentido extremamente infeliz sem o Mestre e faria qualquer coisa para estar com ele outra vez. Ela abriu o pote com as mãos trêmulas e passou um pouco do creme nas mãos.

Naquele momento, ela se sentiu transformada. Correu então para o espelho e viu que estava usando um

vestido preto fluido. Sua pele brilhava. O creme a tinha transformado em uma bruxa!

De repente, a janela se abriu e uma vassoura apareceu. Sem pensar, Margarida a agarrou com uma das mãos e pulou sobre ela. E não sabia o que aconteceria em seguida, mas por algum motivo ela sentiu que logo veria o Mestre novamente.

CAPÍTULO ONZE

Primeiro, a vassoura pousou em um apartamento pequeno e vazio. Confusa, Margarida olhou em volta, até que notou algumas letras de um nome na porta da frente. O apartamento pertencia a um dos críticos que insultou o livro do Mestre. Com o corpo cheio de raiva, Margarida agarrou a vassoura e começou a destruir tudo a sua volta. Quando terminou, ela olhou ao redor, satisfeita consigo mesma. Ela pulou de volta na vassoura e voou pela noite.

Em seguida, a vassoura pousou no apartamento que já havia pertencido a Stepa e Berlioz. Margarida desceu

da vassoura e foi recebida por um homem alto e magro. Em pé, atrás dele, estavam Azazello, um jovem, um gato gigantesco e outra bruxa.

— Bem-vinda, Margarida! Estávamos esperando você chegar. — disse o homem alto, com entusiasmo.

— Quem é você? — perguntou Margarida.

— Meu nome é Woland e tenho um trabalho muito importante para você. Se fizer tudo direito, vou conceder a você seu maior desejo — Woland respondeu.

Margarida olhou em volta e para aqueles personagens estranhos. Bem no fundo, sabia que eles não eram deste mundo. Havia algo estranho e ruim sobre eles. Mas ela disfarçou o pavor que revirava seu estômago e se controlou.

Ela ansiava ver o Mestre mais uma vez e, se essas pessoas pudessem ajudá-la, ela faria qualquer coisa.

— O que você quer que eu faça?

Woland sorriu perversamente enquanto explicava o que ela tinha que fazer. — Todo ano, nesta mesma noite,

eu ofereço um baile especial. Ele acontece em uma cidade diferente a cada ano.

— Este ano, escolhemos Moscou. Nós nos divertimos um pouco no teatro antes das festividades. Para que o baile aconteça, precisamos encontrar uma anfitriã chamada Margarida, que mora na cidade. Passamos por 121 Margaridas antes de escolhermos você.

Margarida ficou atordoada.

— Por que você me escolheu?

— Por duas razões. Em primeiro lugar, nós conhecemos o trabalho do Mestre. Sabemos que você leu tudo e acreditou em cada palavra que ele escreveu. O que significa que você deve ser uma pessoa que acredita em coisas que muitas outras pessoas não acreditam.

— Em segundo lugar, você deseja muito uma coisa: ver o Mestre novamente. E está disposta a fazer qualquer coisa para que isso aconteça. Então, temos um acordo?

Margarida estendeu sua mão trêmula. Gatos gigantes, cremes mágicos, bruxas e vassouras eram coisas tão incomuns que a fizeram tremer de medo. Naquele instante, ela descobriu quem realmente era Woland, e como ele sabia tanto a seu respeito.

Woland era o diabo. Mas o que ele estava pedindo para ela fazer parecia tão insignificante – e tudo o que ela mais queria era ver o Mestre de novo. E então ela finalmente respondeu;

— Sim. Negócio fechado.

CAPÍTULO DOZE

Hella, a bruxa, preparou Margarida para o baile. Margarida recebeu uma coroa de diamantes e sapatos de ouro e, quando se olhou no espelho, notou que aparentava ser alguns anos mais jovem.

O baile era diferente de tudo que Margarida já tinha visto antes. Ele foi realizado em um belo e grande salão de festas, com uma espetacular fonte no centro.

Parecia algo saído de um conto de fadas. Mas não havia princesas ou príncipes. Em vez disso, o baile estava cheio de fantasmas, goblins, bruxas e todo tipo de criaturas aterrorizantes.

Uma vez por ano, todas essas estranhas criaturas se reuniam para celebrar.

Woland estava no alto de uma grande escada, sorrindo para aquela cena. Era o trabalho de Margarida cumprimentar todos os convidados e certificar-se de que eles estavam se divertindo. O salão foi se enchendo até quase não haver mais espaço. Margarida sentiu uma inquietação e um certo medo, mas não deixou transparecer. Ela faria o melhor trabalho possível para que tudo acabasse logo e ela visse o Mestre novamente.

No final da noite, quando a última bruxa voou em sua vassoura, Margarida estava exausta.

— Você se saiu bem. Agora, diga-me, qual é o seu desejo? — disse Woland.

Margarida pediu a Woland que ela pudesse ver o Mestre uma vez mais. Momentos depois, lá estava ele, ainda de pijama e roupão.

— Devo estar sonhando — disse o Mestre, olhando ao redor do salão de baile e vendo apenas Margarida, Woland e seus assistentes.

Margarida jogou os braços ao redor do Mestre. E adivinhou onde ele

havia estado quando viu sua roupa de hospital.

— Você não está sonhando, meu amor — ela disse. — Tudo vai ficar bem agora. Este homem, Woland, vai nos ajudar a ficar sempre juntos. Nós poderemos ir para casa e viver como estávamos acostumados a fazer. Vou cuidar de você.

O Mestre olhou desconsertado para Woland. Era esse homem que tinha estado com Ponyrev aquele dia e havia lhe contado a história de Pôncio Pilatos.

— Você é o romancista — disse Woland. — Eu adoraria ler seu livro.

— Receio que não esteja pronto. Além do mais, não tenho outra cópia

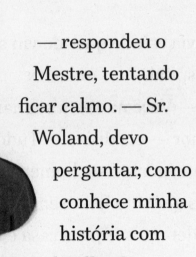# — respondeu o Mestre, tentando ficar calmo. — Sr. Woland, devo perguntar, como conhece minha história com tantos detalhes?

— Você ainda não entendeu? Eu estava lá em Jerusalém, é claro. O que é muito mais interessante é como *você* sabia de tudo aquilo — Woland sorriu e explicou. — E, quanto ao seu livro, meus amigos têm formas de conseguir o que quiserem. Behemoth, traga-me o trabalho do Mestre — ordenou.

Em poucos minutos, o gato gigante saiu da sala e milagrosamente voltou com uma pilha de papéis. Woland folheou tudo vagarosamente. —

Eu adoraria conversar com você para saber como escreveu tão bem

essa história, mas agora está na hora de você ir para casa. — Woland bateu palmas e Azazello correu até ele.

— Mande Margarida e o Mestre para casa, Azazello.

— Mas o hospital não vai perceber que não estou mais lá? — questionou o Mestre.

— Eles nunca vão saber que você esteve lá. Eu destruí todos os seus registros. Vá para casa.

Com um aceno de Woland, o casal foi transportado de volta para o pequeno apartamento em que eles viviam antes.

CAPÍTULO TREZE

O baile aconteceu como deveria. Woland e seus assistentes só iam precisar pensar nesse assunto no ano seguinte. E eles também conseguiram uma cópia do trabalho do Mestre, coisa que Woland tanto desejara.

Woland ficou fascinado pela forma tão precisa com que o Mestre tinha escrito a história de Jesus e Pôncio Pilatos, quase como se tivesse estado lá para testemunhar os fatos.

Eles tinham feito tudo o que haviam planejado fazer em Moscou, mas Hella, Behemoth e Azazello não poderiam deixar de aprontar mais travessuras antes de partir. Eles voaram pela cidade causando pequenos incêndios e incitando brigas.

Koroviev ficou com Woland no apartamento de Berlioz enquanto o grupo se preparava para deixar Moscou.

— O senhor se saiu bem. — disse Koroviev.

— Mas creio que nem tudo esteja resolvido — respondeu Woland. —

Nós demos a Margarida o que ela queria, mas nem ela nem o Mestre podem ter paz. Falei com Jesus, as instruções dele são claras. Como fez um acordo com o diabo, a vida dela está acabada.

— Quando você vai contar a eles? — perguntou Koroviev.

— Em breve.

Margarida e o Mestre sentaram-se lado a lado no sofá, de mãos dadas. O Mestre estava maravilhado com o que Margarida tinha feito por ele.

— Você fez um acordo com o diabo para estar comigo — disse ele. — O que acha que vai acontecer conosco?

— Enquanto estivermos juntos, eu não me importo — respondeu

Margarida bem quando Woland entrou na sala.

— Está na hora de vocês dois virem comigo — disse ele, sério.

— Eu sabia que haveria um preço a pagar. E sabia que nós nunca

poderíamos ser felizes. — Suspirou o Mestre.

— Vocês não podem mais viver na Terra. Esse é o preço do acordo que fizeram comigo — disse Woland. — Mas, vocês tiveram a chance de ficar fora do inferno. Isso mostra que eu não sou o único que ouviu falar do seu trabalho. Alguém do lado do bem decidiu que lhes será dada a paz eterna se realizarem um último dever para mim. Vocês precisam vir comigo agora.

Margarida e o Mestre voaram com Woland e seus assistentes. Embora seu tempo na Terra estivesse acabado, Margarida não estava triste. Ela se segurou nos braços do Mestre enquanto voavam. O céu foi ficando cada vez mais escuro, até que tudo que podia ser visto era um velho sentado em uma pedra bem ao longe.

— Estamos em um lugar chamado purgatório. É uma vida após a morte, mas não é o céu ou o inferno. É um lugar entre os dois mundos. O homem que você vê é Pôncio Pilatos — disse Woland. — Ele fez uma coisa ruim ao mandar Jesus para a morte, e desde então está arrependido. Ele está sentado naquela pedra há centenas de anos, esperando para ver Jesus novamente.

O Mestre ficou maravilhado. Ele olhou para Pôncio Pilatos, o homem que tinha ocupado seus pensamentos por tanto tempo, e depois voltou-se para Woland.

— O que devo fazer? — perguntou.

— Jesus me enviou uma mensagem. Nós gostamos de conversar de vez em quando — disse Woland com um pequeno sorriso. — Você vem escrevendo a história de Pilatos muito bem, mas ela ainda está inacabada. Jesus acredita que você é a pessoa certa para terminar a história de Pilatos e dar a ele a paz. Se você libertar Pilatos, a história terá terminado e ele poderá ir para o céu para ver Jesus outra vez. Em troca, você e Margarida poderão viver aqui para sempre.

Woland acenou com o braço e atrás deles apareceu a imagem de uma casa de campo perfeita, cercada por cerejeiras. Era tudo o que o Mestre e Margarida sempre quiseram – viver juntos, felizes e em paz.

O Mestre respirou fundo e segurou a mão de Margarida. Ela

olhou para ele e sorriu. Então, o Mestre gritou:

— Pilatos, eu o liberto!

O Mestre e Margarida assistiram a distância, com espanto, um homem com vestes compridas andar com Pilatos e desaparecer para todo o sempre.

Nickolai Kirsanov está feliz com o retorno do filho depois de um tempo estudando fora. Mas não gostou muito de conhecer o estranho amigo que o filho trouxe, Bazarov. Enquanto Arkady é amigável e gentil, Bazarov é quieto, não demonstra qualquer emoção e se mostra interessado apenas em fatos concretos. Ele é um niilista. Mesmo depois de um baile glamouroso e de conhecer seu primeiro amor, Bazarov está determinado a ensinar ao amigo o seu estilo de vida.

Será que Arkady se tornará parecido com seu amigo ou, em vez disso, ambos aprenderão um com o outro?